KB003678

첫눈에 반하다

첫눈에 반하다

2020년 5월 2일 초판 1쇄 발행
2020년 5월 27일 초판 2쇄 인쇄

지은이　　　│석당 윤석구
캘리그라피　│평심 조기종
구성　　　　│향천 김수경

펴낸이　　　│이장우
펴낸곳　　　│꿈공장 플러스
출판등록　　│제 406-2017-000160호
주소　　　　│경기도 파주시 헤이리 예술마을
전화　　　　│010-4679-2734
팩스　　　　│031-624-4527
이메일　　　│ceo@dreambooks.kr
홈페이지　　│www.dreambooks.kr
인스타그램　│@dreambooks.ceo

ISBN │979-11-89129-59-0

정 가 │12,000원

첫눈에 반하다

1부 첫눈에 반하다

2부 계절의 변화는 설레임의 시작이다

시인의
말

어느 날 우연히 만난
시상과
캘리그라피 감성이 부딪혀 번개처럼
가을여행으로 이어졌다

설악의 오색단풍은
참 아름다웠고
그곳에서 잉태한
작은 이야기들이 세상
밖으로 나오고 싶다고
자꾸 보채서
그냥 출산하자고 했다

큰 아픔 없이
태어나게 한 것 같아
걱정스럽다
앞으로 어떻게 살아갈지
오색 약수터 절벽에 매달린
단풍잎처럼
아슬아슬하다

2019.10.25
설악
오색약수터 산장에서
윤석구

첫눈에 반하다

서시

가을 어느 날
시가
캘리그래피를
만나

첫눈에 반해
바람이
났다

어
머
나

그럼 어쩌지?

첫눈에 반하다

첫사랑
짝사랑도
그랬다

캘리그라피를
만나니
또

그렇다

첫눈

언젠가는
꼭
만날 것 같은
설렘이
바로
너였어

얼신가는

설렘이

눈처럼 같은

바람이 부서져 갔어

첫사랑

첫사랑은
아름다우면서도
아프다
첫눈에 반하면
첫사랑이 되는 줄
알았다
혼자 좋아하는 건
짝사랑인 줄도 모르고
슬프고 아파도
평생 잊지 못하는
사랑이
첫사랑이란 걸
늦게야 알았다

그리움 하나 갖고 싶다

아무도
지나가지 않은
첫 새벽길 같은 그리움 하나
생각만 해도
설레는
떨림 같은 그리움 하나
그런 그리움
하나 갖고 싶다

사랑한다를
알렸다
마음이
먼저
갔니다

짝사랑 1

사랑한다는 말보다
마음이 먼저 갔네

그대 대답 마냥 두려워
그대 눈빛만 몰래 살폈네

사랑한다는 말
끝내 못하고

빛과 어둠도 잃어버린 채
불속에 나비 되어 영혼을 사르네

꾹꾹
눌러앉을게
진하게
남는다

종이학

천 번째
날개 접는 날
그대에게 날아갈 것 같아
그리움 꾹꾹 담아
곱게 접는다

뜨개질

한 올 한 올
여심을 엮는다

한 줄로 그리움 엮고
또 한 줄로
사랑을 엮는다

따뜻한 그 무엇인가를 사랑으로 엮어간다.

붉은 그리움

그대 향한 그리움
숨기려
아무리 애를 써 봐도
막을 길이 없네요
막아도 막아도
터져 나오는
그리움
붉어졌기에

너를 기다리며

너를 만나려고
많은 밤을 서서 살고 있다
밤하늘의 별을 세고
달빛을 먹으면서
풀벌레 소리 먹고

이슬로 갈증 푼다
동이 트면 잠을 자고
어둠 내리면 활동한다
오늘은 어제처럼
내일은 오늘처럼
밤이 낮이 되고 낮이 밤이 되는
네가 오는 날 위해
그렇게 살고 있다

고독

만남을 위한 기다림은
아름다운 고독이다

맑음을 위한 간절함으로

흐린 날은 곧 흐림이다

아파죽다
혼자 할수 있는 사랑이다

짝사랑 2

아파도
좋다
혼자도 할 수 있는
사랑이라

동해 바다의 새벽

파도는
새벽을 열기 위해
밤새
뜬눈으로 지새우고
그 눈빛
내가 되어
하얗게 서서 새운 밤
아프도록
안쓰러움에
폭 안아 주고 싶은 새벽녘
해돋이로
물들어 버린
물빛 되어
그대 가슴 따라가
활활 타버리고 싶었다

미사리 갈대꽃

강바람이 말을 걸어오면
화답의 흔들림이 있다
여름날
그렇게도 힘들었던
비바람을 견디어 낸
그리움의 하얀 몸짓이다
그대 떠난 자리
강바람은 아직도 맴돌고
끝내 부서져야 할 갈대꽃은
그대 눈빛 못 잊어
지금도 떨림으로

강 건너 바라보고 있다

마주보는 그대가 아름답다

영롱한 별빛은
구름 너머에서
더 찬란하다고 하지만

나는 다르다

그리움은
아름다운 것 같지만
잔인하다

보고 있어도
보고 싶은 그대가
아름답다

행복한 시간

만나고 싶은
사람을
그리워하는 시간은
외로움이 아니다

보고 싶은
사람을
기다리는 시간도
외로움이 아니다

행복한 시간이다

연정

첫눈 내리는
오솔길
눈에 덮여도
발자국이라도
곱게 찍어 놓으려는 것은
혼자 사랑해야 할
운명이 되더라도
잊을 길 없는
사랑의 표적을
남기고 싶어서다

봄 햇살 가득해야 할
고양이 되어라도

어제는 그냥 울었었고
오늘은 행복 읽다

가을 편지

어제는 은행잎에
노랗게 쓰고
오늘은 단풍잎에
빨갛게
불타오르듯
씁니다
어제는 그리움이였고
오늘은 고백입니다

사랑한다는 말

그대 사랑한다는
말보다
더 좋은 말을
밤새 찾다가
깨어보니
사랑한다는 말 밖에는
찾은 게 없었다

큰일 날 뻔했다

두 눈으로 봤더라면

한눈에
반한 사람이
지금
같이 사는
집사람이다

너를 생각하면 왜자꾸 입맛이가 그립지

커피가 그리운 날

너를
생각하면
왜,
자꾸
이야기가
그립지

어머나

많은 사람 중에
너를 보는데

너도
나를 보네
서로 모르는데
어쩜 좋아

그 섬에 가고 싶다

쪽빛 바다
물 위에 떠 있는
그 섬에 가고 싶다
밤 파도가 무섭다고
와락 안겨줄
너랑 둘이
오늘 밤도
너를 생각하다가
나는 외로운
섬 하나가 된다

벚꽃처럼

평생
참아 온
고백
확
터트리고
싶다
화려하게
너
처럼

다정한 벗이 되어
함께 할
봄날

그 해 여름

내가 뜨거워
여름도
펄펄 끓었지
그대에게
보내고 싶은
한 마디 고백이
그렇게 펄펄 끓었다

그대 소식

무소식이
희소식이라는 말을
누가 만들었지
그런 억지가 어디 있어
하루만 소식 없어도
나는 숨이 막히는데

열망

파도야 파도야
나도
너처럼
심장이
다시 뛰고 싶다
그때는 몰랐던 사랑의 언어들이
너를 보며
가슴이
다시 뛰고 싶다

계절의 변화는 설렘의 시작이다

봄바람

꽃망울을
엿보는
바람 소리에
산과 들이
술렁거린다
복숭아 가지 끝
꽃망울 하나 먼저 나와
빨개져 가네
꽃바람나면 어쩌라고
봄바람
여기저기 온통 다
만지고 가네

꽃 마음 을 활짝 펴 나와
빨 개 져 서

니참 예쁘다
그래 있는 그대로가 제일 예쁜 거야

민들레 꽃

너, 참 예쁘다
그래
있는 그대로가
더 예쁜 거야
아직도
못 나온 꽃들은
몸단장
하느라고
꿈지럭 거리나 보다

꽃샘

개나리
울타리에서
노랗게 행진을 하니

벚꽃
질세라
화들짝 놀라
하얗게 폭발한다

진달래꽃

누가
꽃불을 놓았을까
가지마다
옮겨서 불타고 있네
어제보다
오늘은
더 빠르게 번지며
연기 한 점 내지 않고
불타고 있네

개나리꽃

한꺼번에 터지는
노란 꽃잎의 폭발
얼마나 기다림이 무거웠으면
저토록
노란 함성으로
잎새보다 먼저 달려 나올까

달래장

꽃샘바람이
심술만 부릴 줄 알았지
엄마가 들고 오는
달래는 못 봤나 봐
퐁 퐁 퐁
밥상 위에서 웃고 있는
봄 냄새
달래 냄새

4월이 오면

그냥 막
설레게 하는 것이
하나 있다
목련
그 앞가슴
보일락
말락할 때

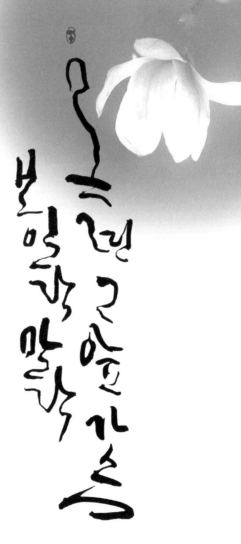

오는 건 그윽한 가슴

보일락 말락

벚꽃

얼마나 좋으면
저렇게
팡!!
한꺼번에
다
웃어줄까

꽃구경

큰일 났다
꽃 구경하려고
남원행
버스를 탔는데
왜, 꽃 생각은
하나도 안 나고
자꾸
향단이
옷자락만
어른 거린 다냐

여름 거리

여름 거리는
너무 길더라
땀을 뻘뻘 흘리며
걸어도
이정표가
안 보이더라

파도는 바다의 마음을 아는가 봐

파도는 바다의
마음을 아는가 봐

날씨가
좋은 날과 나쁜 날
파도를 보면
그렇지

가을
하늘별고 눈초가
빨갛게저
간다

고추

가린 것
하나 없는
가을 하늘 보고
고추가
부끄러워
빨개져 간다

계절의 변화는 설렘의 시작이다

봄날이 기울고 걸어가는
장미의 뜨거운 입에
향이 은은히 근지동옥이 쌔란다

넝쿨장미

울 밖으로
넘어간
장미의 뜨거움에
행인의
눈빛도
익어버린다

어릴적
누이처럼
부끄러움도,
수여란

들꽃

어릴 적
누이처럼
부끄러운 듯
숨어 핀
꽃

가을이 서럽까봐 귓속말로 했다

아슬닥닥눈물

단풍

아름답다는
말을
귓속말로 했다
꽃들이
샘 낼까 봐

나뭇잎에 떨어진

가을비는

낙엽 눈물이 된다

가을비

나뭇잎에
떨어지는
가을비는
낙엽의 눈물이 된다

홍시

살금살금
울 밖으로 넘어 간
가지 끝 감 하나
누굴
바라보다가
그렇게 붉어졌느냐

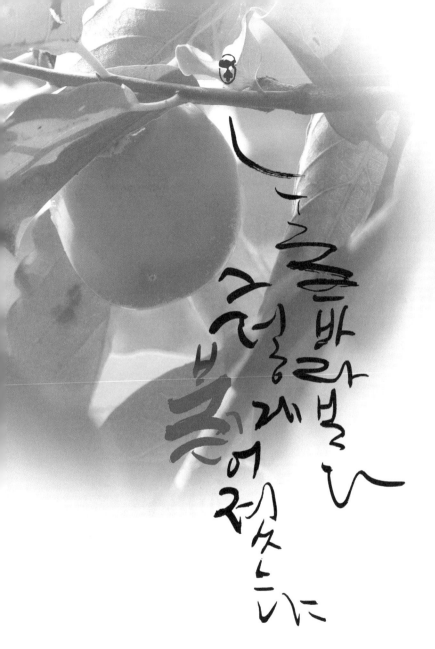

너를 바라볼 때
설레게
붙어졌는데

빈
래지말고자
가을결은잊지는
소그는
으받을
한
함께사랑하자

낙엽 함부로 밟지 말자

쓸어내지도 말고 밟지도 말자
우리도 언젠가는
이런 날이 온다는 것을 잊지 말자
어찌 살아있는 생명만이 아플까
발밑에 밟히는 소리를 생각하자
보는 것만으로도 쓸쓸하고 아프다
밟지 말자
가을만이 주는
소중한 모습을 함께 하자

가을은

아름다우면서
슬프다

단풍이 그렇고
낙엽이 그렇다

겨울 고향

화롯가에 보글보글 된장이 끓고
따뜻한 아랫목 담요 밑에는
주발 덮인 밥그릇 점심 기다릴 때
방죽 넘어 칼 바람 휘몰아쳐도
동네 꼬마 모두 모여 썰매를 탄다
검정 무명 솜바지 궁둥짝에는
엉덩방아 찧었는지 물 도장 찍고
팽이채 침 발라서 힘껏 때리면
씽씽 씽 소리 내며 힘차게 돈다
때 지나 허기진 뱃살 잡고도
점심 잊고 혼 빠져서 놀기만 한다
막내아들 부르는 엄마 목소리
모르는 체 놀기만 한다
겨울바람 불어서 얼음 얼면
지금도 고향 산골로 달려가
그 옛날 겨울 놀이 즐기고 싶다

꽃보다

아름다면서

아이들이

따뜻

곳새들이

틈으면서

어쩌면꼭

눈꽃

꽃보다
아름답다고
야단들이다
땅속
꽃씨들이 들으면
어쩌려고
저러나

안흥지의 겨울

꽁꽁 얼어버린
안흥지에는
차가운 고요만이 흐른다

밤사이 누가
다녀갔을까
발자국은 고독에 떨고 있고

겨울을 잉태한 호수는
하얗게
부끄럼도 없이 누워 있다

누가 저 몸을 풀어줄까

봄은
너무 깊은
동면에 들어갔는데 어쩌지

동심은
우리들의
아름다운
고향입니다

낮잠

여름 한낮
원두막에 누운
할아버지

매미의
울음소리
클래식 음악으로
수박
참외 보다
달다

내 그럴 줄 알았다

할아버지가
잘 쓰는 말씀 중 하나가
내 그럴 줄 알았다
할머니가 냄비를
태웠을 적에도
오빠가 신발주머니
잃어버리고 온 날도
덜렁대더니
내 그럴 줄 알았다 하신다

여름 심술쟁이

엄마
하늘 선풍기가
고장 났나 봐요
땅이 펄펄 끓어요

누가
건드려 놓고
도망간 것 같아요

소나기

하늘나라
아낙들
맑은 물동이 이고
수다를 떨다가
천둥소리에
놀래
와르르 쏟아 버리고
먹구름 뒤로
숨어버리네

붕어빵

이웃집 아저씨
나만 보면
아빠 붕어빵이래
아저씨는
국화빵 같은데
자꾸
그런다

나도 눈이 내리잖을 어쩌고
비가 왔다 갔다 했을 까
아마도
로대빛 쏟시어질거울은
별자르지만
그랬나벼

밤 파도

파도는
왜,
잠을 안 자고
밤새
왔다 갔다

했을까

아마도
모래밭에
어질러 놓은
발자국
지우느라
그랬나 봐

가을 하늘

높은 하늘 누가 청소했을까
바람이 깨끗이 쓸고 갔나 봐
해님이 말갛게 닦아 놓은 하늘

구름도 미안해서 지나가지 못하고
별들도 꼭꼭 숨어 놀지 해요
파란 물결만 찰랑 찰랑거려요

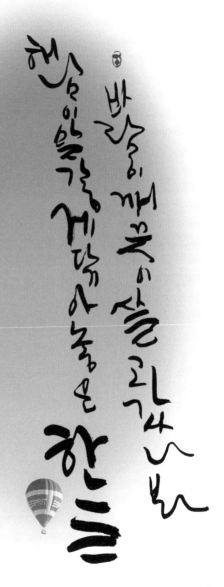

한
밤을
깨끗이 살리가서 보
입을 길게 닦아 놀을
한
글

천생연분

뒤뚱뒤뚱
할아버지 발걸음

삐뚤빼뚤
할머니 손글씨

뒤뚝뒤뚝

할아버지 빨개요 글랑

배뜰배뜰

할머니 손글씨

낮달 1

누구랑 놀다
밤이 새는 줄도
몰랐을까

별들은 모두
제 집 찾아갔는데

아마도 해님한테

꼭 할 말이 있나 봐

아무도 모르게
꼭 할 말이 있는가 봐

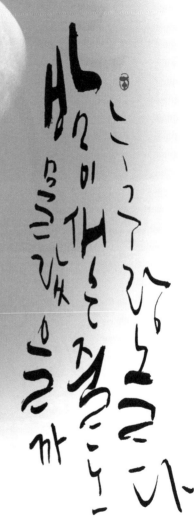

한늘스텝을것에
빗꽃에떨어지며
오늘은으믜시밀내꼐요.

알밤

'툭' 하는 소리
들었어
밤중에 떨어지면
누가 모를 줄 알았어
넌
내 거야

그대님이 쉬려가고

한

줄었으긴 있네

저녁노을

서산 너머
저곳에
무슨 일이 있을까

해님이
쉬러 가다

꽃등을 달고 있네

아마도
아마도
좋은 일이 있나 봐

만만하냐

한밤중
구둣발에 채인
깡통이
투덜거린다
술은
입으로 먹고
주정은
왜, 발길질이야

파도

아기 소라
삐뚤 삐뚤 써 놓은
바닷가 이야기
궁금한지
파도는 왔다가
다시 가고
갔다가 다시 온다

네 대 머 리
강 긁 으 면 고
은 잠 을 밤새워 쓴 고 앳 노 그 나
그 것

도토리

너, 대머리
감추려고
모자를 밤낮으로
쓰고 있었구나
그치

까불다가

아기 다람쥐가
도토리
하나 물고 좋아라
까불다가
놓쳐
또르르 쥐구멍으로
쏙 들어간다
나도 사탕 한 알
입에 넣고
자랑하다
목구멍으로
쏙 넘어갔는데

봄비가 화났나 봐

봄비는
보슬보슬 온다는 건데
어젯밤
바람과 다퉜나 봐
오늘 새벽
후득 후드득
난리가 났었어

아빠와 눈길 걸으면

아빠와 하얀 눈길 걸어가면
뽀드득 뿌드득 아빠와 나의 발자국 소리
뽀드득 뿌드득 뿌드득 뽀드득
즐겁고 행복한 노래 되어요
아빠와 손잡고 눈길 걸어가면
마음이 한없이 따뜻해져요

〈2019년 초등학교 5~6학년 교과서 수록〉

아빠와

함께

눈 사람 만들기를

좋아했었죠

눈오는 날

얼마나 좋으면
저렇게
신발도 잊은 채
뛰어나갈까
옛말에
님이 오면
버선발로
뛰어나간다던데
강아지도
그런가 보네

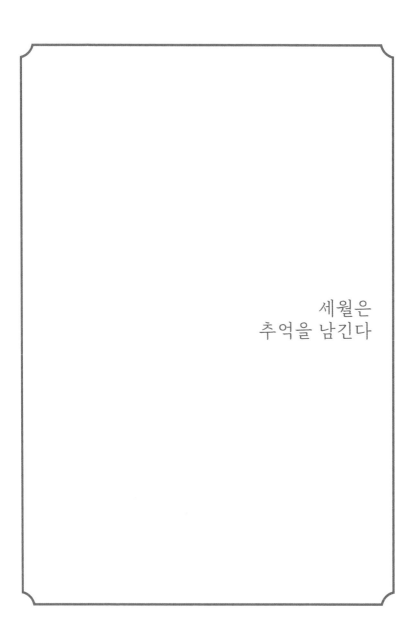

세월은
추억을 남긴다

아름다운

꽃도

제각각

피어

있으리

봄내음

살아보니

아름다운
꽃도
홀로
피어있으면
외롭더라

여름 갈대

실바람에도
갈댓잎이
살랑거린다
너도 바람나고 싶어
그러느냐
나도
아주 가끔씩
그러고 싶은데

티셔츠가 너무 야할까

빨강 티셔츠 골라 놓고
망설이니
주인아줌마 눈치 채고
내 나이
팍팍 깎아 준다
지갑도
눈치채고
아줌마 말
끝나기도 전에
입을 연다

나의 시어들

머릿속에 맴도는
시어들이
저마다 예쁜 옷을 입고
서로 먼저 무대에 오르려고 다툰다
나는 어찌해야 할지
몰라
고민하고

꽃의향 어기지내간 해어나지마는

세에 의향기를 세거가기만 들어지는 어데라

향기

꽃의 향기는
지니고
태어나지만
삶의 향기는
살아가며
만들어지는 거더라

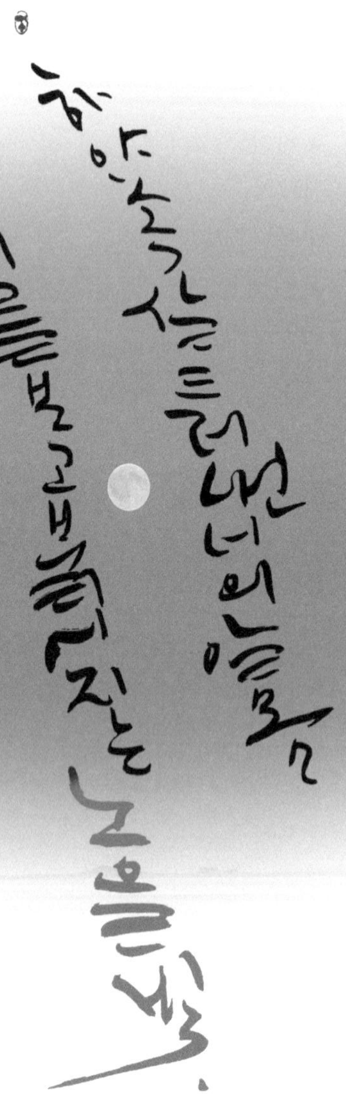

낮달 2

하얀 속살 드러낸
너의 알몸
보고
붉어지는 노을빛
하늘도
감추지 못하고
벌렁 누워 버린다

파도

너를 보면
멎을 것 같던
심장도 다시 뛴다
아!
네 게서
또 다른 생명의
불꽃을 본다

오십견

침을 맞고 뜸을 떠도
그냥 그렇다
아프면 뭐든지 하고 싶다
닭 날개 사 먹고
훨훨 날고 싶다
그런데
어려서 할머니가
닭 날개 먹으면
바람난다고 그러셨는데
정말일까
너무 아프니까
아내 몰래
닭 날개라도 사 먹고 싶다
퇴근 후
시장 골목을 다녀 보았다
닭발만 눈에 뜨인다

할머니 손글씨

철물점
달력
날자 옆
삐뚤빼뚤한
손글씨
캘리그라피 공부는
언제 하셨을까

비밀

은밀한 것은
말을 두려워하는
몸짓이 있다
침묵하는
고요가 흐를 때
두려운 건 말이었다

그런들 가을이 익어간

다시 보다

먼저 울들어 애비린다

노인의 가을

노인에게 가을은
아름다우면서도
슬프다
단풍이 그렇고 낙엽이
그렇다
그래도 노인은 가을이 오면
단풍보다도 먼저 물들어버린다

처음가는
길 입니다
한번도 가본적
없는 길 입니다

그래서
두렵습니다

늙어가는 길

처음 가는
길입니다
한 번도
가본 적이 없는
길입니다
그래서
두렵습니다

노인의 겨울 손

쭈글쭈글한 손이
뭐가 부끄럽다고
자꾸자꾸 주머니에 숨는지
모르겠다

세월과 주어진 환경을 탓하지 않고 언제나 새로움에 도전하는 윤석구 시인.
그가 이번에는 캘리그라피 시집으로 우리를 초대한다.
간결하면서도 울림이 있는 시와 개성이 넘치는 아름다운 손글씨와의 만남이 빚어낼 또 하나의 신세계가 일상에 지친 많은 이들을 행복하게 줄 것을 굳게 믿는다.

시인·한국동요문화협회 공동대표 박수진

동심이 희망이라는 신념으로 동요보급에 힘쓰시는 동요 할아버지 윤석구 시인과 캘리그라피의 독창적인 영역을 개척한 조기종 작가의 완벽한 콜라보 작품집! 심혈을 기울인 시 한 편, 캘리 한 편에 깃든 두 분의 맑은 예술혼을 접할 수 있어 행복합니다.

시인·출판이안 대표 이인환